Tanguy R. Bitariho

Les Contoirs de l'Être-Ange Robert

Vérone éditions

Envois de manuscrits :
Vérone éditions – 75 boulevard Haussmann – 75008 Paris

MADAME B.

Il était une fois ;
L'histoire de Madame B. ;
Une histoire à la fois ;
Douce, amère et sucrée.

Madame B., elle est née ;
Il y a de ça, belle lurette.
Non contente d'être l'aînée ;
Elle en est la cadette.
Dans sa famille, elle est ;
La seconde d'une portée ;
Portant en tout huit têtes.
Sept filles et un garçon ;
D'un monde patriarcal ;
Malheureusement ;
Ce n'est pas elle qu'on ;
À mise sur un piédestal.

Non, elle, à la maison ;
Entre père et mère ;
C'est la guerre au salon ;
Entre l'aînée qu'on vénère ;
Le garçon qu'on adore ;
La benjamine princière ;
Et les autres de décor.

Dur de trouver sa place ;
Ce, depuis toute petite ;
Elle s'est assise en classe ;
En quête de réussite ;

Et puis, comme le temps passe ;
Un beau jour, son cul, il ;
Prit ses largesses dans le calme…
Madame B. prit de la poitrine…
Madame B. devint femme ;
Mais loin d'être fragile.

Et puis… Comme le temps passe…
Dernières années yé-yé ;
Maison, école, trajet yo-yo.
Ses parents très cathos ;
Ne cessent de lui crier :
« POUR UNE FILLE, LE PANTALON ;
CE N'EST PAS CONSEILLÉ ! ».

Mais… Liberté en fanion ;
Elle, elle aimait s'en habiller.
Elle, c'est Beauvoir et Dolto ;
Qui vont grandement l'inspirer ;
Depuis qu'elle donne tôt ;
Ses devoirs pour briller.

Comme elle était connue ;
Pour ne pas avoir de marque et ;
Passer inaperçue ;
Personne n'aurait pensé ;
Qu'elle pouvait si bien danser.

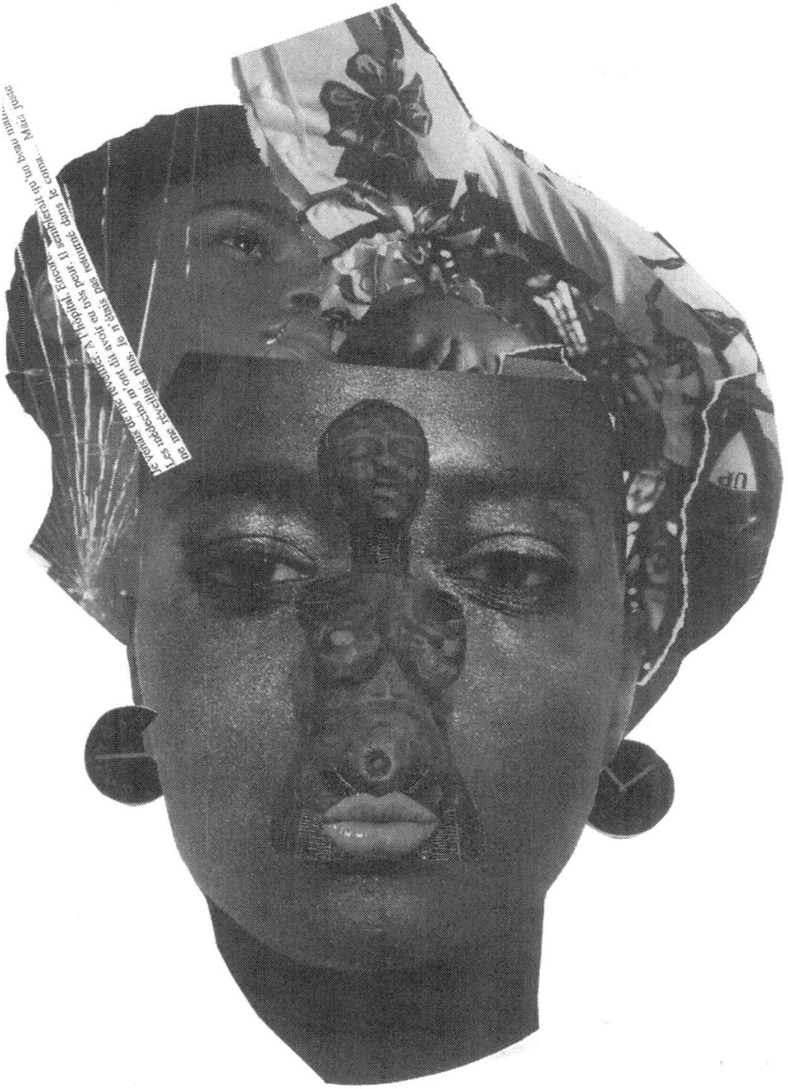

CAR ELLE SAIT « SHAKER » SON « BOOTY ! » ;
Madame B. sait se cambrer ;
Et quand elle va en boîte de nuit ;
La diva sait s'imposer.

Un jour, elle l'a rencontré LUI !
Ils se sont même si bien aimés ;
Que lui, tout ému ;
Est venu sur son sein se poser.

Attiré comme un aimant ;
La symbiose fut lancée ;
Les deux aimés devinrent amants ;
La légende commençait.

Et puis… Comme le temps passe…
Un quart de siècle dans une quinzaine ;
Maîtrise de psy sur les rails ;
Madame B. devient madame ;
Madame B. est une reine ;
Elle et son roi ont un travail ;

Madame B. a de la veine ;
Madame B. dans ses entrailles ;
Prépare même une graine ;
Une graine d'homme, un grain de femme.

Et son époux bien trop bon ;
Face à tant d'émotion…
De son cœur d'artichaut ;
Fut… victime d'hypertension…

Madame B. s'est lancée ;
Dans un drôle de conte de fées.
Plus de prince charmant ;
Et un Petit Poucet ;
Depuis, elle serre les dents ;
Prête à se dépasser ;
Comme il est peu d'êtres l'aidant ;
Si peu qu'elle peut les compter.
Mais sa vie n'est laide en…
Rien ! Car elle a un secret.

Depuis…
Dès qu'elle a un instant ;
Ou, au pire, elle se le crée ;
Elle conte à son enfant :
Qu'il était une fois ;
L'histoire de Madame B…

I

J'étais encore dans le coma. Lorsque je les ai entendus, j'étais encore dans le coma. Je n'étais pas conscient… pourtant… quand elle a commencé son histoire, quelque chose s'est éveillé. Je ne pouvais pas ouvrir les yeux mais, quelque part, je les voyais. Je ne pouvais pas me lever mais quelque part, j'étais là, debout, à leurs côtés. Madame B., comme ils l'appellent, était leur maman. Elle venait rendre visite à sa fille. Celle-ci avait eu un accident. Accident de la route, je crois. Sa fille et moi partagions la même chambre d'hôpital. Elle n'avait pas l'air d'aller bien. Mais elle, au moins, était consciente. C'est déjà ça ! J'aurais aimé être conscient. Pouvoir interagir avec les gens… Ça me manquait énormément.

C'est une chose « étrange » à vivre que le coma. C'est un long silence rempli d'un vide complet. Pas de lumière mais… pas de pénombre non plus. Juste rien. C'est une absence de sensation. Et c'est ce qui fait le plus mal. La notion même de douleur nous est enlevée. Paradoxalement, cette impossibilité de ressentir la douleur ou quoi que ce soit d'autre est ce qui fait le plus mal. En ce moment, j'étais rempli de rien. Ou bien vidé de tout. Juste rien. Et c'est tout.

Lorsqu'elle venait voir sa fille, Madame B. venait toujours seule. Pourtant elle avait un autre enfant. Un garçon. L'enfant de son histoire. Archibald, il s'appelle. Mais tout le monde dit « Archie ». Les deux enfants sont frère et sœur. Pourtant ils se parlent pas. Ou très peu. Quand mère et fille sont ensemble, cette dernière n'arrête pas de demander après son frère. C'est étrange... les deux, ensemble, semblent presque... être étrangers... Ils parlent pas... ou bien très peu.

Quand il est là, Archie passe le plus clair de son temps à lui demander pardon. Pardon à sa sœur. Et puis parfois... ils pleurent. Ensemble. Tous les deux. En silence. Sans se toucher, sans se parler. Juste... en silence. À croire qu'eux aussi sont dans le coma...

Le coma ! Merde ! Voilà que ça me reprend. Le vide. Et puis plus rien.

LE THÉORÈME D'ARCHIBALD

Archibald de son nom ;
Archie pour les intimes ;
Depuis tout jeune garçon ;
Voit sa vie comme un crime.
Archie est un enfant ;
Au modèle parental ;
Légèrement différent ;
Voire un petit peu bancal.

À la mort de son père ;
Madame B., sa maman ;
S'efforça de tout faire ;
Pour le bien de son enfant.
Mais bien qu'elle fût dévouée ;
Au bonheur du garçon ;
Quelque part, en secret…
Elle… voulait plus de passion !

C'est ainsi qu'un bellâtre ;
Vint, un jour, lui donner ;
Une fille pour faire quatre ;
Les chiffres du foyer.
Deux êtres humains fusionnent ;
Pour en faire un troisième ;
Et tout cela fonctionne ;
Parce qu'après tout, les deux s'aiment.

Mais elle a déchanté ;
Car durant l'addition ;
Les années ont passé ;
Tout comme ses ambitions.
Archibald, sa sœur ;
Et leur mère formidable ;
Découvrirent avec stupeur ;
Un beau-père très peu fiable.
Madame B. dut, elle-même ;
Poser une retenue ;
Dans l'équation des peines ;
De cœur mille fois vécues.
Pour le bien des enfants ;
Elle coupa tous les ponts ;
Avec cet homme-enfant ;
Qui n'était pas le bon.

La question, quant à elle ;
Se posera à l'école ;
Car la sœur, bien que belle ;
Ne ressemble à personne…
Certains dans les couloirs ;
La prétendent adoptée ;
Parce que sa mère est noire ;
Et que son frère, aussi, l'est !
« Café au lait ! », qu'ils disent.
Les enfants sont charmants ;
Ça part d'une bêtise ;
Et ça fait mal en dedans…

Driiing ! La cloche vient de sonner.
Les enfants dans la cour ;
Attendent de rentrer ;
Un à un à leur tour.
Ici, toutes les familles sont telles ;
Qu'elles n'ont qu'une seule teinte ;
Mais la leur étincelle ;
Tant leurs peaux sont distinctes.

C'est l'amour en fonction ;
D'une variable. En maths ;
Si tout n'est qu'équations ;
Au théorème d'Archibald ;
L'amour est un problème ;
Que bien des amoureux ;
Développent en système ;
Pour faire trois tous les deux.

Mais dans cette équation ;
La sœur rêve d'un endroit ;
Où elle serait garçon ;
Où sa peau chocolat ;
Lui donnerait l'air, au moins ;
L'apparence d'un des deux ;
Fatiguée du dédain ;
De tous ses copains de jeu…

Archie… le sait déjà…
Mais Archie s'en balance ;
Archie ne fait que des doigts !
Merci l'adolescence !
Archibald, au fond ;
Reprochait à sa sœur ;
D'être la fille de ce con…
Parti comme un voleur…
En l'absence du sien ;
Il aimait son beau-père !
Et ce même s'il n'avait rien ;
D'une figure exemplaire !

Mais…
Fatiguée de s'entendre ;
Dire qu'elle est une erreur ;
Ces mots, loin d'être tendres ;
Poussèrent, un jour, la sœur ;
À partir en courant ;
Parce qu'elle en avait marre ;
D'entendre à tout bout de champ ;
« Pourquoi ton frère, il est **NOI-REUH** ? ».

Hasard ou bien destin…
En ce jour-là, la vie…
Envoya sur son chemin…
Un bus… Qui l'emboutit…

Maintenant qu'elle se trouvait ;
En sommeil peu commun ;
Archibald éprouvait ;
Des regrets, du chagrin.

Et du peu de catéchisme ;
Dont il était capable ;
Sa piété comme un prisme ;
Les deux mains sur la table ;
Archibald a prié ;
Tous les Dieux de la Terre ;
Mais… tous se turent… excepté ;
Un démon… de l'enfer…

C'est l'amour en fonction ;
D'une variable. En maths ;
Si tout n'est qu'équations ;
Au théorème d'Archibald ;
L'amour est un problème ;
Que bien des amoureux ;
Développent en système ;
Pour faire trois tous les deux.

D'apparence féminine ;
La démone dit son nom ;
Comme on avoue un crime ;
De piètre réputation.
Je suis « Marie Cauchemar » ;
Dit-elle de sa peau d'ambre ;
Devant Archie, hagard ;
Qui… pleurait dans sa chambre…

Apparue dans son ombre ;
Elle venait marchander ;
Les malheurs qui sont nombre ;
Chez le désespéré.
C'est ainsi, l'âme en peine ;
Qu'Archie serra la main ;
Du monstre qui fit sienne ;
Tout son maudit chagrin.

Archibald vit fondre ;
Ombres sur lui pendant ;
Qu'il ne sut que répondre ;
Lorsqu'il sentit des dents ;
Le vider de ses forces ;
Comme si toute sa vie ;
S'échappait de son torse ;
Vers le monstre ! Marie…

Intima même l'ordre ;
À sa drôle de chimère ;
De vouloir se distordre ;
Et devenir matière ;
Qui leur ouvrit une porte ;
Vers la chambre où sa sœur ;
Encore à moitié morte ;
Subit la même douleur…

Miracle médical…
Énigme pour certains…
Mais qu'importe, au final ;
Le fait est qu'au matin…
Marie dans leurs cauchemars ;
N'avait fait qu'échanger ;
Des morceaux d'Archie par ;
Ceux de sa sœur en danger.

Au réveil, chaque enfant ;
Avait comme des morceaux ;
De l'autre, incrustés dans ;
Les parcelles de sa peau.
Archie, dans son ébène ;
Était maintenant zébré ;
D'une teinte café crème ;
Là où sa sœur était ;
Saupoudrée de café.
Comme si, de tout là-haut ;
Il eût, un jour, neigé ;
Sur chaque brin de sa peau…

Archie face à sa sœur ;
Et sa sœur face à lui ;
Regardèrent avec peur ;
Ce qu'avait fait Marie…
Mais…
Dans leurs pires cauchemars ;
Grâce à Marie, les deux ;
Frère et sœur, finirent par ;
Se parler, un peu, mieux…

II

Marie Cauchemar ! Enfin, ça me revenait ! Une fille à la peau d'ambre accompagnée d'une ombre cauchemardesque. J'étais dans le silence lorsqu'elle est apparue.

Je venais de sombrer. À nouveau. Mais cette fois-ci pas dans le silence. Non, j'étais maintenant dans les ténèbres. Ici, il faisait sombre, froid… J'avais peur. Je me sentais parcouru de sensations, toutes plus désagréables les unes que les autres. J'avais froid, j'avais faim, j'avais mal ! Mais ici, au moins, je pouvais ressentir quelque chose. Quand bien même était-ce quelque chose d'horrible.

Dans ces ténèbres, elle m'est apparue. Marie Cauchemar. Derrière elle, de terrifiants yeux jaunes et des crocs gigantesques se dégageaient de la pénombre.

J'ignorais d'où elle venait ou qui elle pouvait bien être ; mais l'horrible silhouette, qui se cachait derrière elle, ne me rassurait pas du tout. Sans tenir compte de mon désarroi, Marie m'a, juste, raconté l'histoire d'Archie et ce qu'elle leur avait fait, à sa sœur et à lui.

Grâce à Marie, Archibald et sa sœur avaient pu, tous deux, guérir. Pour tous les gens de l'hôpital, les deux, frère et sœur, étaient devenus une curiosité médicale.

« Vitiligo » qu'ils disent ! C'est le mot qu'utilisaient les médecins pour parler de leur peau. Pfff… C'est bête un médecin. Ils n'avaient qu'à me demander. Je leur aurais tout raconté. Que tout ça c'est grâce à Marie. À cause de son cauchemar qui n'a fait qu'échanger des morceaux d'Archie par ceux de sa sœur en danger… Mais bon… Encore eût-il fallu que je me réveille pour pouvoir leur parler…

Entre-temps, dans la famille d'Archie, tout le monde se réjouissait de leurs guérisons. Ils avaient, tous, l'air d'être très croyants. Pendant leurs convalescences, Archibald et sa sœur eurent droit à une salve de messes et de prières pour célébrer leurs rétablissements. Moi, je ne m'en plaignais pas. À chaque fois qu'ils priaient, c'était beaucoup plus vivant. J'avais besoin d'être vivant.

Les messes dans leur famille, c'était totalement différent. Pas le genre de messes tristes et ennuyeuses à mourir comme on en voyait le dimanche à la télé ! Non ! Chaque cérémonie était remplie de chants, de danses et de cris. Quand ils priaient, on pouvait sentir le sol trembler au rythme de leurs pas. Je ne savais pas qu'on pouvait prier comme ça. Dieu n'était peut-être pas si ennuyeux finalement.

Dans leurs nombreuses conversations, j'ai appris qu'ils étaient originaires du Burundi. Burundi. C'est un drôle de mot. Contrairement à sa sœur, Archie est né là-bas. Et maintenant qu'ils s'entendent, je l'entends souvent lui en parler. Là-bas, les gens seraient très croyants. Mais genre vraiment ! Vraiment, beaucoup, très ! De ses propres mots, au Burundi, Dieu serait un genre de sport national ! Et tout bon Burundais qui se respecte aurait le devoir d'être un « putain ! » d'athlète !

Mais si sa sœur s'en accommodait, Archie, par contre, bouillonnait de l'intérieur. Après avoir prié Jésus, Allah, Bouddha de toutes ses forces, il était quelque peu remonté de n'avoir eu pour seule réponse que le bonjour d'un Cauchemar nommé Marie.

PROMÉTHÉE ! LUCIFER !

Liberté d'opinion ;
À quel point puis-je donc être libre ;
Entre mes réflexions ;
Et dogmes de la Bible ?
On me demande de croire ;
Un Dieu qui prend pour cible ;
Un pan de mon histoire ;
Comme si c'était risible.
Prométhée ! Lucifer !
Que faire face à tous ceux ;
Qui ne voudraient que taire ;
Mes questions devant Dieu ?

Que faire des cours d'Histoire ;
Ce pâle « outil » pour taire ;
Que sur ce territoire ;
Il y a juste naguère ;
Du temps de Rugamba ;
Avant la « dépendance » ;
On priait Kiranga ;
Juste armé d'une lance.
Confesse ou obédience ?
Jamais ! Rien de tout ça !
Entre tambours et danses ;
Le peuple faisait foi.

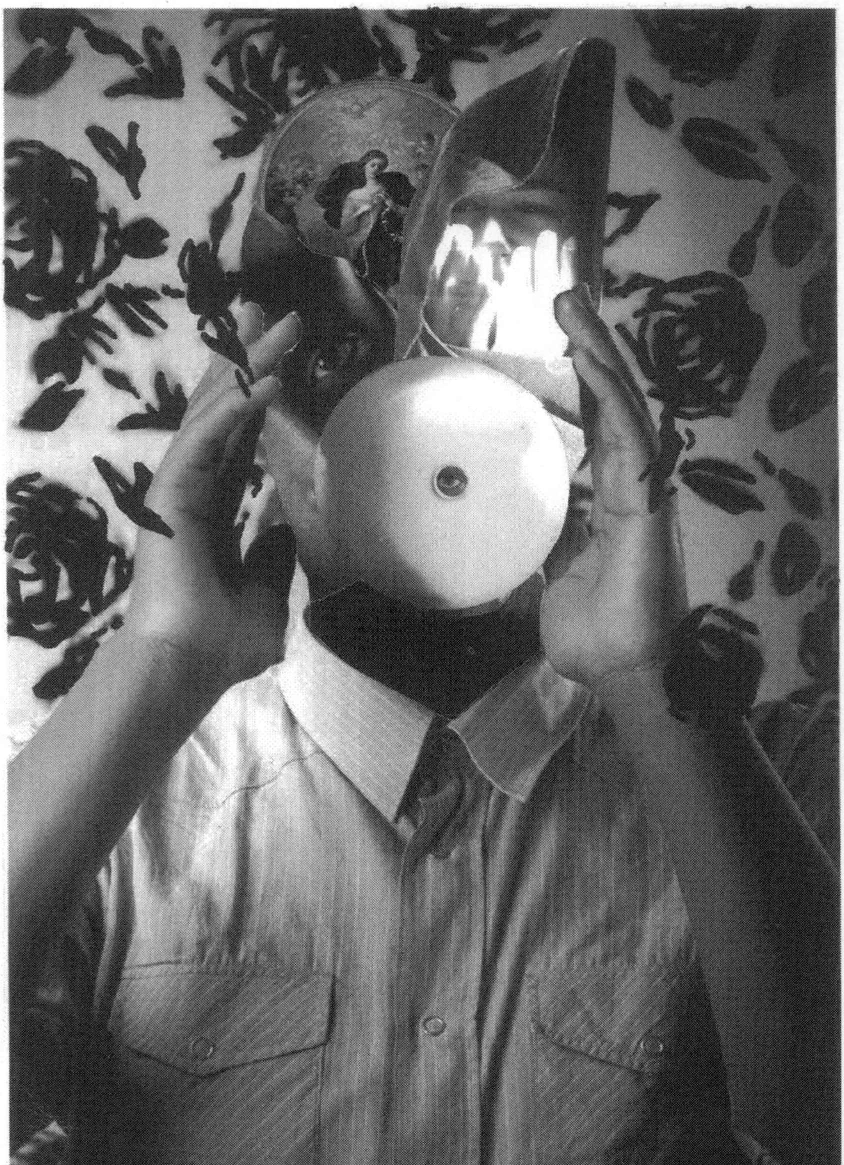

Mais devant ces païens !
Dieu choisit d'entreprendre ;
D'envoyer des chrétiens ;
Des Bibles et de leur vendre ;
Les idées d'un Dieu blanc ;
Devant faire de l'Homme noir ;
L'objet d'un vaste plan ;
De richesses et pouvoirs.

Liberté d'opinion ;
À quel point puis-je donc être libre ;
Entre mes réflexions ;
Et dogmes de la Bible ?
On me demande de croire ;
Un Dieu qui prend pour cible ;
Un pan de mon histoire ;
Comme si c'était risible.
Prométhée ! Lucifer !
Que faire face à tous ceux ;
Qui ne voudraient que taire ;
Mes questions devant Dieu ?

Ici… Dieu fit des églises pour ;
Que le nègre comprenne !
La nature dans son cours ;
Impose que le blanc règne !
Le bâton reste utile ;
Mais il fallait apprendre !
À rester bien docile !
Recevoir et non prendre !
À l'époque des Romains ;
Qu'avait donc fait César ?
En Gaule, il y avait bien ;
Des peuplades barbares…
« Diviser » dit l'adage ;
Falsifier des ethnies ;
Hutu, Tutsi, carnage ;
Pour saigner le Burundi.

Et quant aux missionnaires ;
Dont les voies du Seigneur ;
Seraient impénétrables ;
Que faire de leurs prières ;
Quand on a que la peur ;
De n'être qu'une table ;
Un objet de déco ;
Un mégot sur la lèvre ;
De dogmes coloniaux ;
Dont les récits font fièvre ?…

« Y'a bon ! », merci « Bwana ! » ;
« Kawa », « Banane », « Or pur » ;
Les terres du Gondwana ;
Sont infestées d'ordures ;
Et personne ne prend garde ;
Contre tous les démons ;
Postés dans l'avant-garde ;
Que sont les chapiteaux ;
Les églises et consorts ;
Dont on sortait plutôt ;
À la merci, au sort ;
De traités coloniaux.

Liberté d'opinion ;
À quel point puis-je donc être libre ;
Entre mes réflexions ;
Et dogmes de la Bible ?
On me demande de croire ;
Un Dieu qui prend pour cible ;
Un pan de mon histoire ;
Comme si c'était risible.
Prométhée ! Lucifer !
Que faire face à tous ceux ;
Qui ne voudraient que taire ;
Mes questions devant Dieu ?

Et dans tout ce merdier ;
Vint enfin ma naissance !
Vingt ans que Madame B. ;
Voulait faire descendance ;
Après tous les massacres ;
Vécus par le passé.
Génocide au goût âcre…
C'en était plus qu'assez !
Et je fus résurrection !
Le renouveau d'une foi ;
Ma foi, eut-elle raison ;
Ça… je ne le sais… pas…

Baptisé sans avoir ;
D'avis sur la question ;
Communion pour avoir ;
Juste plein de cadeaux ;
Adolescent, pourtant ;
Je me suis demandé ;
« Suis-je bien un croyant ;
Si je ne prie jamais ? »…

Malgré des arguments ;
Construits (et parfois moins) ;
J'ai blessé ma maman ;
Qui… depuis, me le rend bien…
Chez nous, « athée », c'est rare…
Comme elle le dit souvent ;
« Être athée, c'est une tare ;
Mieux vaut être musulman ».

Aux vues de nos pléthores ;
De torts et de colères ;
Il fut dur d'être raccord ;
Avec ma propre mère…
Mais… Comme on a qu'une famille !
Et elle… un seul garçon !
C'est rigolo les filles ;
Mais… ma mère est un macho !
Prométhée ! Lucifer !
D'aucun sait que, parfois ;
La liberté s'acquiert ;
Suite à une crise de foi(e)…

C'est ainsi qu'un beau jour ;
Elle… n'y pensait même plus ?!?!
Résignée ?!!?… Par amour ?!!?…
(Elle prie encore pour mon salut !)

Mais c'est dimanche ! La messe est dite !
Toute la famille y est allée ;
Sauf un garçon qui attend, « Vite ! ;
Qu'ils reviennent ! » pour aller manger.

III

Au fur et à mesure de leurs convalescences, Archie expliquait à sa sœur pourquoi le temps fut long avant de faire la paix avec sa mère. De faire la paix avec Dieu.

Plus tard, Archibald et sa sœur purent sortir de l'hôpital. Dommage. J'aimais bien l'animation qu'ils offraient. Mais bon, on ne peut pas souhaiter aux gens de rester malade pour leur seule compagnie. Ce s'rait méchant. Je n'suis pas méchant. Du moins… j'ai pas l'impression d'l'être.

C'est comme ça un hôpital. Ça va, ça vient. Quand ça va pas, on y va. Quand ça va mieux, on s'en va. La vie reprend son cours et ceux qu'on y laisse y sont toujours.

Le malheur d'un hôpital est qu'il y a toujours des gens malades. Ça ne s'arrête jamais. Mais ce qu'il y a de bien à l'hôpital, c'est qu'il s'y passe toujours quelque chose. C'est vrai, des gens tombent malades. Et parfois ils meurent. Mais c'est un endroit rempli de vie ! Où la vie est plus forte que tout ! Ça vous prend soudainement et ça fait BOUM !

C'est ainsi qu'un jour, il y a eu du bruit, des pleurs, des blouses blanches et plein de monde autour ! Une nouvelle habitante venait de faire irruption dans ma chambre. Cependant, avec elle, c'était beaucoup moins bruyant. Elle semblait aussi être dans le coma. Sur le moment, je me suis dit « Chouette ! Quelqu'un avec qui parler ! ».

Malheureusement, nous étions, juste, deux à ne pas nous comprendre. J'avais beau, crier, l'appeler, du fond de mes ténèbres mais personne ne répondait.

Peut-être, avait-elle aussi sombré dans l'oubli ? Merde ! Pas ça ! Je ne le lui souhaitais vraiment pas. Il fallait que je l'aide ! Que je trouve le moyen de l'en sortir ! Seulement, je ne savais pas quoi faire. Puis, j'ai repensé à Archie. Prier Dieu n'avait pas marché, mais Marie ! C'était peut-être elle Dieu ? Et si Dieu c'était Marie ? Et qu'on l'savait même pas ?

Je savais pas trop comment la joindre. Alors, à la place, je m'suis laissé sombrer dans l'oubli… dans l'espoir de la trouver. J'ai eu très peur ! Plus j'y étais et moins j'avais de sensations. J'avais d'énormes doutes à l'idée même d'être encore en vie, mais là c'était pire ! C'était plus ! C'était moins ! C'était le rien ! Encore !

Pourtant… Dans ce néant, dans toute cette absence, j'ai retrouvé une sensation. La peur ! Non ! Pas juste la peur, la terreur ! Lentement, je me suis senti fuir le néant et remonter vers les ténèbres.

Soudain, une violente douleur ! J'étais dans la gueule du monstre de Marie. Entre l'ivoire de ses crocs, je pouvais ressentir ses dents lacérer mon âme comme un couteau mal aiguisé. J'ai pensé finir dévoré mais son monstre n'a fait que me remonter dans les ténèbres.

Devant moi, se tenait Marie, à cheval sur son monstre. Autour d'elle, encore, cette étrange impression de douleur qui se répandait. Sans qu'elle n'eût rien à lui dire, son monstre a vomi une… bulle immonde… couleur jaune d'œuf périmé, noire et boueuse. Suite à quoi Marie et son Cauchemar ont disparu dans la pénombre sans même crier gare.

Sous ces filets de bave, denses comme du goudron, je pouvais la reconnaître. Ma nouvelle voisine. Elle avait très peur. Elle semblait apeurée. Normal. J'avais eu très peur à mon arrivée.

Calmement, je lui ai expliqué où l'on se trouvait. Puis, je lui ai demandé, à elle, qui elle était.

NAPONILE

Je m'appelle Naponile ;
Je n'aime pas, surtout, qu'on ;
Me dise frêle ou bien fragile !
Moi, tout ce qui est jupe et chignon ;
Depuis toujours ça m'horripile !
Moi ! J'adore les pantalons ;
Mais je suis bien une fille !
Et je n'aime pas qu'il me faille ;
Aimer porter tout ce qui brille ;
Brillant à lèvres, belle et fine taille…

Taillée pour n'être que banale ;
Depuis toujours, mes parents forgent ;
L'image d'une jeune fille idéale ;
Propre sur elle sous tous rapports.
Pourtant je me demande, je m'interroge ;
Pourquoi tout le monde me veut spéciale ?
Spécialement, maintenant, que je déroge ;
À toutes leurs règles bancales ?

Je m'appelle Naponile ;
Et mon nom est une chaîne ;
Une corde, un lien, un fil ;
Censé rendre pérenne ;
L'histoire de ma famille ;
Dont « JE » suis la gardienne.

Et comme il paraît que bon sang ;
Ne saurait point mentir ;
Ben… Je m'en tire à bon escient ;
Avec un prénom voulant dire ;
Combien mon grand-père, en son temps ;
Fut un héros, un martyr.

Grand-père avait eu cette chance ;
De faire partie des rares ;
Qui, durant la « dépendance » ;
Acquirent leur savoir ;
À l'école mais cette tendance ;
S'est inversée, dès lors ;
Que certaines personnes ;
Se battirent pour que l'or ;
Revienne enfin à tous les hommes ;
Même ceux que les pires colons nient…

Mais puisqu'une bonne action ;
Ne reste jamais impunie ;
L'Histoire eut pour passion ;
De retourner ses fusils ;
Contre ceux-là mêmes ;
Qui eurent un jour l'affront ;
De se battre contre la haine ;
Pour libérer leur nation…

Je m'appelle Naponile ;
Et ça fait rire bien des ânes ;
Qui me trouvent, juste, débile ;
Parce que, moi, je fais pas très femme.
Ma mère, elle-même, souvent rumine ;
Et pleure à mon grand dam ;
Du fait que je ne porte que des jeans.
— Mais enfin Naponile !
Tu es bientôt une femme !
Ton corps est enfin nubile ;
Et tu n'as encore rien d'une « Dame » ! ? ! ?

Je… ne sais pas trop ce que ça veut dire…
Ni même à quoi, vraiment, m'attendre.
Maman voudrait juste que je m'inspire ;
De ma vieille grand-tante ;
L'autre personne dont je tire ;
Ce lourd prénom qui me hante…

En période de guerre ;
Là où ses frères périrent ;
Ma grand-tante, naguère ;
S'est battue pour nourrir ;
Enfants, adultes et ce, sans faire ;
Le simple choix de s'enfuir.
Lointaine descendante d'une reine ;
Dans une république en toc.
Nul ne l'a jamais trouvée saine ;
D'être femme, seule et en cloque.

Je m'appelle Naponile ;
Et mon drôle de prénom ;
Même s'il semble débile ;
Résulte de la contraction ;
D'illustres noms de ma famille.
Grand-père « **NAPO**léon » ;
Et grand-tante « Léo**NILE** ».

Alors… Même si dans le fond ;
Ça sonne comme un Vaudeville ;
Même si parfois… C'est une malédiction…
Tout héritage n'est pas facile…
Parfois… Parfois, c'est même un don ;
Une corde, un lien infime…
Parfois c'est une passion ;
Parfois c'est inutile ;
Parfois… Ben, c'est juste un prénom…

IV

Naponile était paniquée ! Plus que tout, elle voulait se réveiller. Pas pour elle, non. Mais pour son père ! Elle était de ces gens dont on pouvait dire, littéralement, qu'ils avaient le cœur sur la main. Plutôt que de penser à elle, à son devenir, à ce qui pourrait bien lui arriver, elle était effrayée par l'idée de faire de la peine à ses parents. Naponile m'expliquait combien son père ne méritait pas ça. Son père était un héros ! SON héros ! Pour lui, elle se devait d'être une jeune fille exemplaire ! Son père. Lui ! Lui qu'elle admirait tant pour toutes les montagnes qu'il avait dû gravir, dans ce monde où la différence fait parfois tant de martyrs.

« IL »

Il était une fois « Il » ;
Venu pour l’aider « Elle » ;
Venu de loin, d’une île ;
Pour la simple bagatelle ;
Que bien qu’elle ne soit pas rose ;
La vie dans nos contrées ;
Malgré tout, lui « Il » ose ;
Car « Il » veut les sauver.

« Il » avance à la dérive ;
Sans maison Téhéran ;
Bagdad ou Tel-Aviv ;
Peu importe franchement ;
De savoir d’où « Il » vient ;
Puisque la bien-pensance ;
Ne le veut pas citoyen ;
Et que beaucoup se disent, pensent ;
Qu’« Il » n’est pas le bienvenu ;
Ou qu’« Il » n’a pas sa place ;
Parce qu’« Il » n’est pas vêtu ;
Comme le voudrait la masse.

Alors dis-moi, toi ! Est-ce ;
Que les gens naissent égaux ;
En droits à l'endroit où ils naissent ?
Couleur de peau…
Privilèges et largesses…
Du vrai… Du faux…
Que vaut ta prétendue noblesse…
Du laid… Du beau…
Lorsqu'on en est la part ? Est-ce…
Que les gens naissent égaux ;
En droits à l'endroit où ils naissent ?

« Je », « Tu », « Il », « Elle », « Nous » sommes ;
Les enfants d'une histoire ;
Dont finalement la somme ;
N'est… que le fruit d'un hasard ?!

Palestiniens hier ;
Ou bien Syriens demain ;
Si rien ne change sur Terre ;
Si se taire devient commun ;
Comment pourrons-nous faire ;
Pour dire à nos bambins ;
Bonbecs aux dents et fiers ;
Qu'on laisse mourir l'humain ?

« Il » est le pion sacrifié ;
D'une partie d'échecs ;
Géo-politisée ;
Entre Wall Street et La Mecque.
Comme « Il » veut être bien vu ;
« Il » fait des pieds et des mains ;
Pour que tous les « Je », les « Tu » ;
Veuillent bien faire copain-copain ;
Mais lorsqu'« Il » passe une porte ;
En transport en commun ;
Ses chaussettes ou ses bottes ;
Son turban, voire ses mains ;
Quelque chose dénote ;
Car il est toujours quelqu'un ;
En retard sur l'époque ;
Pour lui reprocher son teint.

« Il » dut se faire réfugié ;
Pour fuir la dictature ;
Des élections truquées ;
Et séances de torture ;
Alors « Il » ne désire ;
Dans sa quête du Graal ;
Ni de monts, ni d'empire ;
Mais juste une vie normale…

Alors dis-moi, toi ! Est-ce ;
Que les gens naissent égaux ;
En droits à l'endroit où ils naissent ?
Couleur de peau…
Privilèges et largesses…
Du vrai… Du faux…
Que vaut ta prétendue noblesse…
Du laid… Du beau…
Lorsqu'on en est la part ? Est-ce…
Que les gens naissent égaux ;
En droits à l'endroit où ils naissent ?

« Il »… Malgré tous les avis ;
Vis-à-vis des siens, pourtant ;
Ce qu'on pense de sa vie ;
Lui, « Il » s'en fiche du moment ;
Que ceux de sa famille ;
Sa famille nucléaire ;
Femmes, garçons et filles ;
Arrivent à fuir la guerre.

Comme « Il » y pense souvent ;
« Il » se sent vite épuisé ;
Et aime à s'asseoir devant ;
Le journal télévisé…
Mais tout ce qu'« Il » entend ;
Lorsqu'« Il » allume le Vingt Heures ;
Est tellement affligeant ;
Que, lui-même, « Il » prend peur.

Un attentat par-ci ;
Une agression par-là ;
Et « Il » se demande si ;
C'est un hasard… Ou pas…
Qu'on lui demande à LUI ;
De condamner tout ça ;
Mais jamais à « Marie » ;
« Étienne » ou bien « Lucas »…

« Il »… Même si la nation pense ;
Que nos lois sont laïques ;
Lui, « Il » a bien conscience ;
De ses dérives catholiques ;
Depuis qu'on le harcèle ;
Pour qu'il mange du jambon…
Mais… « Liberté » relève-t-elle ;
Du lard ou du… cochon ?

V

Consciente des sacrifices de son père, Naponile s'efforçait de devenir une « vraie » fille. Seulement voilà, Naponile n'avait jamais été très « féminine ». Puis d'ailleurs ça veut dire quoi ? « C'est qui qui décide ce que c'est une fille ? ». « C'est qui ce QUI, qui devrait bien fermer sa gueule d'ailleurs ? ».

Comme elle n'aimait rien de ce qu'on lui proposait, Naponile avait souvent la triste impression d'avoir un vide, beaucoup trop « lourd », une sorte de pierre à l'intérieur, à la place du cœur. C'est à cause de ça qu'elle avait atterri à l'hôpital. Un truc dans son cœur la rendait malade et paralysait tout son corps. Mais on savait pas quoi. C'est drôle. Moi qui ai l'habitude d'avoir toujours tort, quelque part, ça me rassure que même des docteurs « ils savent pas des choses ». C'est juste bien dommage qu'« ils savent pas » pour Naponile. J'aimerais bien qu'elle se réveille.

Les jours ont passé et les visites aussi. De la famille et quelques amis également. Quand on est dans le coma, rêver c'est génial, ça permet de s'évader un peu de la prison de son corps. Mais faut faire bien attention à ne pas « rêver » trop fort. Sinon, l'esprit va tellement loin qu'il en oublie d'où il vient. C'est comme ça qu'on sombre dans « l'oubli ». C'est là qu'atterrissent tous les rêveurs perdus. Ceux qui ne savent plus comment « donner corps » à leurs rêves. Le mieux, c'est de rester dans les ténèbres. Là où Marie nous a déposés. Même s'il y fait froid, même si ça fait peur, là au moins on peut ressentir des choses. Pas très agréables, certes, mais c'est toujours mieux que l'oubli.

Heureusement pour elle, Naponile n'avait pas été oubliée. Parmi tous les siens, parmi toute sa famille, il y en avait un qui lui rendait visite plus souvent que les autres. Un étrange garçon. Un ami à elle. Il venait dans la chambre et il lui parlait. Enfin, il essayait. Mais comme il était timide, il parlait peu. À la place, il jouait de la musique. Et ça faisait du BIEN ! Un peu de vie dans ce silence ! Un peu de bruit dans cet oubli.

Malheureusement, un jour, le corps de Naponile a fait une « crise ». Je sais pas trop ce que ça veut dire mais, à en croire les médecins, ça devait pas être agréable. À cause de ça, elle a due être placée en soins intensifs. Du jour au lendemain, l'étrange garçon n'a plus eu le droit d'aller la voir. Parce qu'il n'était pas de sa famille. D'ailleurs c'est bizarre ! Pourquoi nos amis, nos amis, les vrais, ceux qui nous sont plus proches que notre propre famille, n'auraient-ils pas droit de nous voir au même titre ?

Bien qu'il n'était plus autorisé à la voir, l'étrange garçon, persistait quand même à venir à l'hôpital. Ne serait-ce que pour être près d'elle. C'est beau des gens comme ça. À la place, il venait dans notre chambre. Cet endroit qu'elle avait occupé. Pour la première fois depuis qu'il venait, il m'a remarqué. On ne se connaissait pas. Il ne m'avait jamais prêté attention. Il m'avait jamais parlé. Déjà qu'il parlait peu.

Mais cette fois-ci, il avait besoin de parler. De parler d'elle.

ELLE S'APPELLE…

Elle s'appelle Naponile ;
C'est une amie d'enfance.
Qu'on dit « Butch » et virile ;
Juste par ignorance.
Il y a quelques années ;
L'école étant primaire ;
Et elle, un peu, foncée ;
Naponile a dû faire ;
Face à des quolibets ;
Face à quelques enfants ;
Pas tous bien intentionnés ;
Et parfois bien méchants.
Elle dut dompter son prénom ;
Pour en devenir maître ;
Mais maintenant son nom ;
Se prête au jeu du traître…

Elle s'appelle Naponile.
Elle cherche en vain à faire ;
Tout plein de choses difficiles ;
Pour la gloire de son père.
Je sais… Qu'elle adore croire ;
Ou bien croire qu'elle adore ;
Tous ces rêves et espoirs ;
Choisis sans son accord.
Mais elle en a tant fait ;
Dans l'espoir de leur plaire ;
Que la pauvre étouffait ;
Parce qu'elle ne savait rien faire !
Elle n'était pas douée ;
Sciences ou Littérature ;
De tête ou de papier ;
Elle est faite de ratures.

Simple coïncidence ?
Ou… Ainsi danse le destin ?
Elle, qui prenait comme une chance ;
Que son père fut le sien ;
Aujourd'hui cette sentence ;
Dévore sa gorge et soutient ;
Qu'il importe qu'elle change ;
Et même qu'elle en porte « un ».
Sa poitrine la démange ;
Pourquoi ? Elle sait « pubien »…
Mais le truc le plus étrange ;
Depuis qu'elle a des seins ;
Elle n'a que peu d'échanges,
Et regrette les câlins ;
D'un père distant qui, dès lors ;
Ressent, souvent, une gêne ;
Parce que maintenant son corps ;
N'aurait plus rien d'« Hymen ».

Elle s'appelle Naponile.
La pauvre, avec le temps ;
Développait cœur fragile ;
Face à un père distant.
Le fait était que son cœur ;
À défaut d'émotions ;
Dévorait son porteur ;
Et Naponile en question ;
Se demandait dès lors ;
Ce qu'elle eût pu bien faire ;
Pour que, malgré son corps ;
Elle fut digne de son père.

Elle s’appelle Naponile ;
Et parfois, je lui parle ;
Pour tuer le temps qui file ;
Dans cet immense hôpital.
Moi, je n’y vais que le jour ;
Pour parler au « Monsieur » ;
Qui me demande chaque jour ;
« D’ar-ti-cu-ler » un peu mieux.
Naponile, elle est tenue ;
De rester jours et nuits ;
Dans cette chambre où la vue ;
Ne donne que sur du gris.

À chaque fois, tous les grands ;
Même s’ils sont très gentils ;
Parlent, tous, bizarrement ;
Pour décrire sa maladie.
Et puisqu’ils baragouinent ;
Bah j’essaie tant bien que mal ;
Je m’essaie, je devine ;
« C’est quoi les constantes vitales ? » ;
Je m’essaie, je devine ;
Que « l’hé-mi-plé-gie-to-tale » ;
C’est… Un truc dans sa poitrine ;
Qui doit lui faire très, très mal…

Elle s’appelle Naponile…
Moi, je suis l’Être-Ange Robert…
J’ai des mots faits d’argile ;
Et elle un cœur de pierre ;

Mais… Je n'ai jamais pourtant ;
Autant parlé qu'avec ;
Une fille au cœur béant ;
Dont on dit qu'il est tout sec.

Et maintenant qu'elle a l'âge ;
De tout remettre en question ;
Celui où les corps sages ;
Détruisent leurs prisons ;
Un jour, ce fut le choc ;
Et derrière son armure ;
Un jour, ça a fait « Ploc » ;
Faisant trembler ses murs !

Ses articulations ;
Se sont brisées en mille.
Comme un coup de tromblon ;
Un beau jour, Naponile ;
S'est réveillée d'un bond !
Au sortir d'un cauchemar ;
Parcourue de frissons ;
Les yeux d'un air hagard ;
Quelque chose, un déclic ;
Semblait l'avoir aidée.
Tantôt hémiplégique ;
Maintenant, elle titubait ;
Engourdie mais, dès lors ;
Ayant brisé ses freins.
Plus d'entraves à son corps ;
Elle aime « être » son destin !

Elle s'appelle Naponile ;
Et moi l'Être-Ange Robert.
Tous deux, nous sommes des îles ;
Perdus dans une mer ;
Où les Grands Continents ;
Sont des sortes de grands êtres.
Chez nous l'adulte est « Grand ! » ;
Chez nous l'adulte est maître ;
Chez nous, l'enfant se doit ;
De rentrer dans le moule ;
Et de suivre la voie ;
Que les grands lui déroulent…

Naponile dans son tort ;
Était une fille banale ;
Dans un monde qui n'adore ;
Que le phénoménal…
Mais malgré tout ce temps ;
Dans son lit d'hôpital ;
En un éclair, un instant ;
Elle est venue sans mal ;
S'asseoir sur mes genoux ;
Comme une fleur, comme un ange ;
Et depuis… je lui voue ;
Un sentiment étrange…

Elle s'appelle Naponile…
Et dans son conte de fées ;
Être une femme docile ;
Paraissait trop surfait !
Construite sur l'ego ;
De parents malhabiles ;
Elle étouffait dans l'étau ;
De nombreuses plaies mobiles.

Libre et pleine de séquelles ;
Parfois, elle pense à tort ;
Que ce serait grâce à moi qu'elle ;
Est maîtresse de son corps ;
Mais, maintenant, elle le sait ;
Maintenant, elle le sent !
Il n'est rien qui l'effraie ;
Pas même ses parents !

Naponile n'est qu'un prénom ;
Et son nom de famille ;
Rien de plus qu'une option ;
À ce qui fait d'elle une fille…

VI

Sortie de convalescence, Naponile était rentrée chez elle.

C'est comme ça un hôpital. Ça va, ça vient. Quand ça va pas, on y va. Quand ça va mieux, on s'en va. La vie reprend son cours et ceux qu'on y laisse y sont toujours.

Je n'ai plus eu de nouvelles, ni d'elle, ni de l'Être-Ange. Maintenant, j'étais seul dans la chambre. On ne m'avait pas encore trouvé de nouveau « colocataire ».

Un jour, pourtant, ils sont revenus ! J'ai su tout de suite que c'était eux car je pouvais reconnaître la musique de l'Être-Ange.

D'abord gênés, ils m'ont dévisagé, en silence, puis ils se sont lancés. Naponile m'a remercié ! Passé quelque temps, elle avait commencé à se souvenir de ce qui lui était arrivé durant le coma. Elle se souvenait de tout, de l'oubli, des ténèbres, de Marie et de son monstre. De tout ! Elle avait d'abord pensé être folle mais elle se souvenait même de choses que l'Être-Ange lui avait dit durant le coma. C'était presque réjouissant. Si je me réveille un jour, j'ai peut-être une chance d'éviter l'asile. Mais bon, encore faudrait-il que j'arrive à me réveiller.

Plusieurs fois, ils sont revenus me faire la conversation. Ils me parlaient de leurs journées, ils me parlaient d'eux, ils me parlaient pour habiller le silence de ma chambre. C'est comme ça que j'ai appris à mieux les connaître. J'ai découvert plein de choses sur eux, des choses qu'ils aimaient et d'autres moins. Connaissant déjà Naponile, c'est de l'Être-Ange dont j'appréciais le plus les histoires.

Pourtant l'Être-Ange parlait très peu. Heureusement, Naponile parlait pour deux. C'était pas plus mal, elle semblait avoir pris beaucoup plus d'assurance. Risquer la mort devait certainement donner confiance en soi. L'Être-Ange, par contre, était bien différent. Il ne parlait que peu. Et quand il le faisait, très vite, il bégayait, il bafouillait, il zozotait et parlait en bruits plutôt qu'en mots.

Boom
Boom

L'ÊTRE-ANGE ROBERT

...♯♫♪♫♯...
« Bam bam boom boom ! Babidibam ! » ;
« Babidi Biguididé ! » ;
Et « Zigui ziguidi bam bam ! » ;
« Babidi Biguididé ! »...
...♯♫♪♫♯...

Dans son enfance, Robert ;
Était déjà bien étrange !
Un petit garçon austère ;
Que le silence dérange ;
Mais obligé de se taire ;
Puisqu'à tout moment il mange ;
N'importe quels mots dès ;
Qu'ils s'aventurent en bouche !
Mais si sa langue, elle fourche ;
C'est pas fait exprès !

Lui ! Depuis ses tout premiers mots ;
De tout petit bout de chou ;
Robert a cette impression ;
Qu'au-delà de son cou ;
Un engrenage, un boulon ;
Peut-être même un pou ;
Se serait donné pour mission ;
De le rendre, un jour, fou.

Malgré bien des efforts ;
Et moyens très coûteux ;
Orthophonistes et pléthore ;
De médecins prestigieux ;
Tentèrent de l'aider ! Encore !
Sans pour autant faire mieux…

Pendant que ceux de son âge ;
Semblaient, si bien, retenir ;
Tous les mots de chaque page ;
Qu'on leur imposait de lire ;
Robert restait en chantier !
Lui ! Toute sa diction ;
N'était qu'onomatopées ;
Et quelques interjections…

…♯♫♪♫♯…
« Bam bam boom boom ! Babidibam ! » ;
« Babidi Biguididé ! » ;
Et « Zigui ziguidi bam bam ! » ;
« Babidi Biguididé ! »…
…♯♫♪♫♯…

Dans la tête du Robert ;
Il grondait tout un orage ;
Ô combien en colère ;
De ne pouvoir « dire » sa rage ;
D'être jugé tout le temps ;
Comme un horrible thon !
Parce que tout le temps, les gens ;
« Il veut qu'on parle Bon » !

C'est le Tiercé-Parent !
Choisissez vos champions !
Lequel de vos enfants ;
N'est, peut-être, pas le bon ? !
Quel est le plus intelligent ? !
Ou bien l'abruti du fond ? !

Mais… Pour… qui sait écouter ;
Robert n'est pas lent !
C'est… Juste… Un peu compliqué ;
De faire du rangement ;
Dans l'antre de sa psyché ;
Puisque… Il n'est qu'un enfant…

Robert ne fait pas de mots…
Non ! Au mieux, il les mâche ;
Il les coupe en morceaux ;
Que, tout de suite, il crache !
C'EST LUI L'ÊTRE-ANGE ROBERT !
Qui mélange les syllabes ;
Une sorte de « Veau-Qu'a-Bu-l'Air » ;
« Ruminant » tous les vocables !

Et… Parce qu'une image vaut ;
Mille mots, à ce qu'on dit ;
Lorsqu'il pense à un mot ;
Le mot explose en lui !
Lui donnant cette impression ;
Qu'il serait presque en nage !
Un trop-plein d'émotions ;
Où les mots et les images ;
N'auraient plus du tout de sens ;
Toute une aberration !

Pendant que tout le monde pense ;
Qu'il lui manquerait des boulons…
Robert, tout au fond de lui ;
Sait déjà pourquoi il peine.
Puisque sa maladie ;
Contient tellement de phonèmes ;
Que même « dire » « DIPLEXIE » ;
« DISC… PLEC », « DYSLEXIE » ;
Est pour lui tout un PROBLÈME !
Alors il chante, il CRIE !
Et baragouine en tandem…

…♯♫♪♫♯…
« Bam bam boom boom ! Babidibam ! » ;
« Babidi Biguididé ! » ;
Et « Zigui ziguidi bam bam ! » ;
« Babidi Biguididé ! »…
…♯♫♪♫♯…

Adolescent, le Robert ;
S'est découvert un don.
D'abord juste pour plaire ;
À la prof dont le balcon ;
Semblait danser de concert ;
Dès qu'elle jouait du violon ;
Robert a choisi de faire ;
De la musique en option.

Les jours devenant semaines ;
Et les semaines des mois ;
L'Être-Ange devint phénomène ;
Lorsque du bout de ses doigts ;
Il put singer les phonèmes ;
De n'importe quelle voix.

Plus aiguisé qu'une lame ;
Il pouvait tout imiter !
« Babidibabidibam ! » ;
Ou « Ta Cathy t'a quitté ! » ;
D'une voix d'homme ou de femme ;
Il n'avait plus de limites et ;
Lui qui semblait démolir ;
Dès qu'il fallait lire des mots ;
Fit du solfège un Empire ;
Et fit jeu de ses défauts.

On le dit « Être-Ange » Robert ;
Étranger de toutes les langues…
Mais… de sa « Flûte-Qui-Traverse-l'Air » ;
Si on l'écoute, il harangue ;
Armé de son « Instrumot ».
Il ne crie pas, il murmure ;
Et murmure en écho ;
(Que toutes les bouches ont des murs…
Et que vos murs en font trop…)
(Que toutes les bouches ont des murs…
Et que vos murs en font trop ;
Sur les quelques ratures ;
Qu'il chante à demi-mot…)

VII

Simple coïncidence ou ainsi danse le destin ? Le hasard voulut qu'un soir, après le départ de l'Être-Ange, après avoir entendu son histoire, mes doigts, d'abord, se sont mis à danser. Et un beau jour, je me suis réveillé.

Enfin ! Bon, certes, j'étais pas des plus frais. Mais du fond des ténèbres, j'ai enfin vu la lumière. La lumière des néons ! C'était atroce ! Leur lumière me faisait mal ! J'ai voulu me lever, bouger, faire quelque chose, mais j'étais trop épuisé pour gesticuler. C'est vraiment étrange le coma. Ça épuise, ça épuise, mais ça épuise de faire… RIEN !

Je me demandais où j'étais. Et ce que je faisais là.

Les médecins m'ont dit que j'avais beaucoup de chance.

Apparemment, c'était très rare de se réveiller d'un coma aussi long.

Ma parole, combien de temps y étais-je resté ?

Quelques jours plus tard, l'Être-Ange et Naponile sont revenus me voir. Ils n'en revenaient pas ! Moi non plus en fait. J'avais beau essayer, pas moyen de me souvenir. Je ne savais pas qui ils étaient. Pourtant, tous les médecins me répétaient combien j'avais une chance incroyable d'avoir des amis comme eux.

Toutefois, ils ne se sont pas laissés décourager. Calmement, ils m'ont expliqué et raconté tout ce que Naponile et moi aurions vécu dans ce qu'elle appelait les « ténèbres ». J'avais du mal à y croire. Je les prenais pour des fous. Ils m'ont parlé d'une Marie et d'un

Cauchemar. Que ce serait grâce à elle que Naponile et moi aurions pu nous parler dans nos rêves.

Même s'ils avaient l'air d'être vraiment très sympas, rien de ce qu'ils me disaient n'avait de sens.

Quand ils ont eu fini, ils m'ont regardé, l'air gêné, comprenant que je ne comprenais pas grand-chose de ce qu'ils me racontaient. Ils n'ont pas cherché à creuser et m'ont simplement demandé :

— Et sinon, toi ?

— Qu'est-ce qu'il t'est arrivé pour être à l'hôpital ?

JOUR DE GRISAILLE

Jour de grisaille ;
Normal !
Soleil crachin.
Ce matin, tout le monde râle ;
Pendant que je crache un ;
« BONJOUR M'SIEURS-DAMES ! » ;
À tous les gens du train ;
Mais au fond tout ce que je gagne ;
Ne sont que des regards en coin.

De-ci, de-là, ça parle ;
Métro, boulot, dodo ;
Et tout ce qu'il y a de vital ;
« C'est pas bien d'être facho ;
Et puis la guerre, c'est mal ».
Les mâles, c'est rien que des porcs ;
Les femmes, elles, toutes des putes ;
Les députés ont bien des torts ;
Et le président a les pires tares !

Alors ?
Ben, tout le monde fait semblant ;
Semblant d'être d'accord ;
De n'avoir rien à redire ;
Parler pluie et beau temps ;
Pour ne pas se haïr.

La course est lancée dans ;
Une sorte de monde, im- ;
Possible à défaire ;
Dîners mondains plombant ;
Pleins de langue de vipères ;
Soupes à la grimace « SANS ! » ;
Montrer qu'on en pense le contraire.

Jour de grisaille ;
Pareil !
Soleil crachin.
Cahin-caha, je peine ;
Face à un malandrin.
Qui déverse toute sa haine ;
Car moi, je ne dis pas, rien.

Mais rien à faire, j'ai mal ;
« Mâle » à mon féminin.
Ce fait minable m'a tant ;
Pris de ma stature d'humain.
D'une main, je tente, en vain ;
À… juste… me poser comme un frein…

Mais je ne voulais pas trop me battre.
Moi ! Je traînais juste mes guêtres ;
Quand j'ai vu deux grosses pattes ;
Palucher une nymphette.
Alors… C'est peut-être pas un drame ;
Mais je me suis levé quand même.

D'un coup, dans un vacarme ;
Mon voisin animal mêle ;
La force de son poing ;
À la chair tendre et frêle ;
De mes côtes et mes reins…

Beaucoup trop téméraire ;
J'ai tapé dans le mille ;
Et lui dans le mien !
Un garçon volubile ;
Bile tous ceux qui n'aiment rien !
Encore une baffe ;
De plus, j'ai juste l'air d'un tocard ;
Un preux héros, bien bref ;
Bon, juste pour un nanar.

Jour de grisaille ;
Dilemme ;
Soleil crachin.
Une femme part au travail ;
À bord d'un train ;
Pendant qu'un homme, en train de cuver, s'enjaille ;
Sur le galbe de ses reins.
Serein, tout le wagon reste calme…
Alors ce n'est peut-être rien ;
Mais monsieur frotte madame ;
Et ça fait pas que du bien.

Et bien que j'essaye en vain ;
D'aider, tout seul, je rame.
Un coup de couteau, une lame ;
Dans la rame de ce train ;
Un beau matin, je suis… mort !??…
Merde… Pour une fois que je paie le train…

VIII

Ce jour-là, je ne suis pas vraiment mort. Ou bien juste un bout de moi. Je n'aurais jamais pensé qu'être « gentil » pouvait être dangereux. On ne m'avait pas éduqué comme ça.

À l'écoute de mon histoire, l'Être-Ange et Naponile se sont regardés, comme s'ils savaient quelque chose que j'ignorais. Ils m'ont dit connaître le nom de mon agresseur. Et même qu'il était connu. Enfin, pas des masses mais que dans le journal et tout, on en avait même parlé, que les infirmiers, aussi, discutaient parfois de moi.

Comme je n'étais pas totalement remis, je n'avais pas encore le droit de quitter l'hôpital. Mais au moins j'avais le droit à internet. Alors un soir, j'ai ouvert mon ordi et j'ai cherché sur le Net une vidéo de « lui ».

C'était vrai ! Je l'ai reconnu ! Direct ! Il parlait haut et fort mais avait l'air triste plus qu'autre chose. Et en colère. Il avait perdu son travail. Lui et plein d'autres gens. Ils étaient du Nord. Paraît que plein d'usines étaient en train de fermer. Que plein de gens, là-bas, n'auraient plus de travail et qu'ils n'auraient plus rien pour vivre. C'était, genre, une grande manifestation et tout. Autour, des gens semblaient le soutenir et même être d'accord avec lui. Il était au milieu de la foule et tous semblaient l'écouter dès qu'il se mettait à crier.

Il était tard, alors pour ne pas faire de bruit dans l'hôpital, j'ai mis mon casque sur les oreilles et j'ai augmenté le volume pour mieux l'entendre.

DANGER ! DANGER !

DANGER ! DANGER !
Danger messieurs, dames !
Je suis un danger !
Une histoire bien banale ;
Dont tout le monde a rongé ;
Chacun des petits détails ;
Pour en faire un cliché.
Elle est connue ma trame ;
Elle est vieille comme le monde ;
Et nouvelle comme hier.
Elle est une sale amende ;
À la lutte ouvrière ;
Tout ce que la salamandre ;
Est aux reptiles sanguinaires.
Une version pathétique ;
De la machine de guerre ;
Un vers n'ayant pas d'éthique ;
Rongeant la pomme et l'arbre-mère.

Alors **DANGER ! DANGER !**
Danger messieurs, dames !
Je suis dangereux !
C'est écrit dans le journal ;
Que je suis dans le genre ;
Un peu fou et bestial ;
Qui laisse peu d'anges heureux.
Le peuple est unanime ;
C'est lui qui a mis la norme ;
Entre les mélanines ;
Depuis qu'il est certaines ;
Contrées natales ;
Où pullulent le tajine ;
Quand nulle tranche de jambon ;
N'a place dans leur cuisine.

Alors **DANGER ! DANGER !**
Danger messieurs, dames !
VOUS êtes en danger.
C'est la faute à cet homme !
Il se la pète, il frime ;
Et feint le belligérant ;
Sous prétexte qu'à l'usine ;
C'est sa force qui l'érigea en ;
Un immense building ;
Pour être accepté des gens…
Si le savoir est une arme ;
Le travail est la sienne.
Du moins, il l'a été ;
Jusqu'au jour de ce drame…

Depuis que les autochtones ;
Craignaient de faire troisième ;
D'une guerre européenne ;
Qu'ils déclarèrent mondiale.
Révolution industrielle !
Ils gardèrent bien des cadres ;
Mais plus besoin d'Ousmane ;
Et comme boire, c'est haram ;
Ben ouais, il bat sa femme !
Car c'est le seul domaine ;
Où il éprouve ses talents d'homme !

Alors **DANGER ! DANGER !**
Danger messieurs, dames !
Je suis dangereux !
Un loup meurtri dans l'âme ;
Qui vous saute à la gorge.

Alors **DANGER ! DANGER !**
Danger messieurs, dames !
Mais VOUS m'êtes un danger !
Moi mon seul idéal ;
C'était d'être ouvrier.
Trente années d'usine ;
Et j'ai le C.V. bancal ;
La larme à l'œil et plusieurs impayés ;
Alors… j'ai peut-être pas fait médecine ;
Mais par chez nous le travail ;
C'est bien plus qu'un métier ;
Parce que « chez nous » le travail ;
On sait comment le venger ;
Parce que « chez nous » le travail ;
Est un gage de loyauté !

Alors **DANGER ! DANGER !**
Danger messieurs, dames !
Je suis un danger ?

Alors **DANGER ! DANGER !**
Danger messieurs, dames ;
Je suis juste « EN » danger !

IX

Je sais que cet homme m'a poignardé… Mais je ne pouvais m'empêcher d'être triste pour lui. Comment en était-il arrivé là ? Et comment s'appelait-il déjà ? Ah le voilà ! Il y avait un bandeau avec son nom sur la vidéo.

C'était étrange… Quelque part, j'étais comme… paralysé de peur ! À la simple idée de prononcer son nom… Mais j'avais aussi la conviction que si je ne le faisais pas, je risquais, toute ma vie, d'être à jamais sa victime. Comme un enfant qui apprendrait encore à lire, j'ai prononcé son nom len-te-ment, en décortiquant bien chaque syllabe.

Et là ! À peine avais-je prononcé la dernière syllabe que toute la pièce devint sombre ! Comme une vague, un raz-de-marée ! La pénombre s'est abattue.

Mon lit ! Mon ordi ! Mon… moniteur médical ? Il n'y avait plus rien ! Il faisait juste tout noir. J'ignore si j'étais assis sur quelque chose ou bien si je flottais dans les airs. Je ne voyais plus rien.

J'ai, alors, ressenti quelque chose ! Quelque chose d'horrible, d'effroyable ! Mais quelque chose de familier ! J'avais « PEUR ! ». Et d'un coup, je me suis souvenu ! De tout ! De Marie ! De son Cauchemar ! Des ténèbres ! Du néant ! J'étais terrorisé ! Et si toute l'histoire de mon réveil n'avait été qu'un rêve ? Et si j'étais encore dans le coma ? Et si… j'avais juste rêvé ? Rêvé même mon réveil, rêvé même mes amis…

— N'aie pas peur ! ai-je entendu. Un Cauchemar est fait de peur. Il s'en nourrit. Et si tu as peur, il aura faim de toi.

C'était Marie ! Marie Cauchemar ! Elle m'observait, de haut, trônant sur son cheval de guerre. D'habitude effrayante, aujourd'hui, elle semblait juste… triste. Triste de s'être sentie invoquée lorsque le nom de cet homme fut prononcé. Cet homme « en » danger qui en était devenu un lui-même. Qui en était devenu un pour moi.

Cet homme, c'était son père. Marie était le fruit de son amour, et le monstre, quant à lui, venait de sa colère. Lentement, Marie est descendue de sa monture pour venir s'asseoir à mes côtés.

Nous étions tous les deux face à la bête. Ses yeux jaunes et ses dents blanches me glaçaient le sang. Les yeux toujours rivés vers son monstre, Marie s'est mise à me parler.

Elle m'a révélé d'où elle venait. D'où « ILS » venaient. Elle et son monstre. Qui la suivait. Comme son ombre.

MARIE CAUCHEMAR

De ces jeunes filles aux yeux tout ronds ;
Marie était quelqu'un ;
Quelqu'un qui était pleine d'illusions ;
Mais de « Cauchemar » n'en avait point…

De ce genre d'homme, plein de passions ;
Le père de Marie était quelqu'un.
Quelqu'un d'intègre, plein de convictions ;
Mais qui au fond n'en faisait rien…

De ces grandes dames qui seules se font ;
La mère de Marie était quelqu'un ;
Quelqu'un de sage dont la raison
Donnait toujours raison ;
À la violence de son conjoint…

Souffrant de nombreuses afflictions ;
Affection contre chagrin ;
Souvent, le père poussait le bouchon ;
Souvent, même un peu loin…
Heureusement… Sa femme, elle, tenait bon ;
Car comme on aime, on pardonne bien…

Mais bien que certains hommes aient le don ;
De gérer leurs nombreux grains ;
Dans un petit élan de faiblesse ;
Un jour, le père but plus que de raison.

Le beau bourreau, par maladresse ;
Ne contrôlant plus ses deux mains ;
Dans un désir de caresses ;
Frappa à coups de poing ;
Une femme dont la faiblesse ;
Était d'aimer un assassin…

En un instant…
Réveillée par bruits et lumières ;
Marie survint, à pas de loup ;
Si bien qu'on ne l'entendit guère.
En un instant, toute sa vie ;
Devint tristement cavalière…
Morte, près du lit…
Le spectacle de sa mère…
Devait la marquer à vie…
La lier à son père…

Sans…
Comprendre ce qu'elle voit ;
Comme un réflexe, Marie s'écarte…
Sans…
Comprendre pourquoi ;
Comme un réflexe, son père s'emporte…

Soudain, Marie devient la proie ;
D'une bête passée outre ;
Toute morale, toute loi ;
Et bien loin est la porte…

Bien que Marie donnait de la voix ;
Pas une seule cohorte ;
Ne se demanda même pourquoi ;
Une jeune fille criait de la sorte…

— Dors ! Dors ! Dors ! Marie ! Dors !
Si tu t'endors, je te pardonne !

Marie, plaquée contre son lit ;
Son père prit à cœur ;
De lui montrer quelle était la bonne ;
Façon d'agir face à l'horreur.

Marie… ne comprenait pas ;
Ne comprenant plus son corps.
Cette fois-ci, elle n'aimait pas ;
Que son père vienne et l'accole.

Mais l'homme, fort de tout son poids ;
La broie pour qu'elle se donne ;
À oublier tout ça ;
Dans l'espoir que tout son corps ;
Oublie ce soir et toutes les fois ;
Où l'alcool fut le plus fort…

À l'aube de son adolescence ;
Un cauchemar devait faire femme ;
Et détruire toute l'enfance ;
D'une fille qui, dans ce drame ;
Essayait, juste, de faire comme ;
Si l'homme, à cheval sur son dos ;
Ne faisait que prendre un somme…
Un douloureux sommeil de plomb…

Couchée, Marie crut devenir folle.
Réalité prenant le pas sur la fiction ;
Soudain, son père changea de forme…
Un gros poney… En moins mignon…

De tout son corps, elle fit pleuvoir ;
Montagnes de sel et litres d'eau.
Pluies diluviennes, torrents, brouillard !
Marie sombra dans un siphon…
Et disparut dans une eau noire ;
Sanguine, boueuse et latérite.
Dans ces ténèbres, des yeux, des phares ;
Loin dans le vide ;
Arboraient dents, lames d'ivoire ;
Le tout baigné d'une bave acide…

Pas le temps de fuir ! Sans même attendre ;
La créature croquait bassin ;
Dévorait ventre ;
Mais le pire coup vint ;
De l'entrejambe…
Où Marie crut son corps s'ouvrir ;
En dix, en vingt, voire même en trente ;
Mille morceaux d'elle en train de pourrir ;
Dans cet enfer qui n'avait plus…
Rien de sa chambre…

Couchée, Marie voyait son sang ;
Mais aucun sens à son calvaire…
— L'ai-je mérité ? Pardon Maman…
Je ferai tout comme papa veut faire…

Face à ce monstre indifférent ;
C'est un, différent, choix qui s'opère…
Marie, comme tout enfant ;
Cherchait, en vain, encore, son père…
Dans une dernière quête d'affection ;
Marie embrasse cette chimère…
Câlin malsain… Et puis s'en vont…
Œdipe, lui-même, n'eut pu mieux faire…

Mais au contact de leurs chairs ;
La bête semble être prise de peur !
Marie la touche dans son intime.
Marie s'accroche au monstre et même entame ;
De l'aimer comme voulait son père…

Syndrome de Stockholm ?
Ou inceste héréditaire ?
Un zeste pour qu'un homme ;
Émane d'un monstre sanguinaire…

Croyant mourir, Marie fit comme ;
Elle avait vu les adultes faire.
Devant, derrière ;
Derrière, dedans ;
Malgré blessures et petit pouls ;
Marie s'assure de bien tout faire.
Pouvoir lui plaire est un va-tout ;
Qui s'avère bientôt salutaire…

Marie glisse dans le cou ;
Du monstre de son père ;
Les mille baisers tout doux ;
Que lui faisait si bien sa mère…

Soudain ! Tout change dans le décor ;
Fuient les ténèbres, reviennent les murs…
À la lumière de cette aurore ;
Entre eaux boueuses et meurtrissures ;
Marie contemple la laideur ;
De cette étrange créature ;
Qui vomit moult bouts de son corps ;
Comme si sa chair lui fut impure…

D'un cri, la bête semble mourir…
D'un cri, le père pleure tous ses torts…
D'un cri, Marie voudrait maudire ;
Son père, ce monstre et tout son corps.

Chacun, pourtant, n'ose plus rien dire…
Tandis que, dans le chaos de cette chambre ;
Blessé, le monstre ne cesse de hennir ;
Enfin le père semble comprendre…

L'horrible monstre avait bien faim ;
Et si Marie n'avait su plaire ;
À son palais quelque peu fin ;
Il chercherait bien à goûter la chair ;
D'un potentiel autre festin…

Comme invoqué, soudain le monstre ;
Montre sabots et crocs de fer.
Mâchoires serrées, démon équestre ;
Ne laisse nulle peau du défunt père…

L'œil enragé ;
La créature virevolte vers ;
Marie, prostrée ;
Qui ne comprend plus guère ;
Lorsque, prosternée ;
Lentement, la chimère ;
Vint doucement l'enlacer…
Comme le faisait si bien sa mère…

X

Marie m'a dit être venue à mon secours parce que j'avais, moi aussi, été victime du monstre qu'était son père. Son père était un monstre. C'est vrai. Mais Marie n'en était pas un. Marie n'est pas son père ! Marie n'est pas un monstre ! Même si le monstre de son père la poursuivait partout ; comme une ombre familière ; aujourd'hui, elle cherche à faire ce que son père aurait dû faire. Aider les gens à lutter contre leurs propres démons.

Pour la première fois depuis que je connaissais Marie, j'ai vu des larmes couler de ses joues. Celles-ci semblaient aussi lourdes, denses, boueuses, sanguines, ocres et latérites que la bave suintante qui dégoulinait des lèvres de son monstre. À un moment, Marie s'est retournée vers moi. On était toujours assis côte à côte. Lentement, elle a avancé son visage vers le mien. Et ses lèvres se sont posées contre les miennes. Son souffle était chaud. Je ne sais pas si j'avais peur ou bien si cela me plaisait. J'avais surtout l'impression de… disparaître…Au contact de son baiser.

— MARIE !
— Marie ? C'est qui Marie ? ai-je entendu dire à côté.

Je venais de me réveiller. À l'hôpital. Encore.

Les médecins m'ont dit avoir eu très peur. Il semblerait qu'un beau matin, je ne me réveillais plus. Apparemment, je n'étais pas retourné dans le coma… Mais, juste, évanoui… Pendant longtemps…

Entre-temps, dans ma chambre, était encore arrivé un nouvel habitant. « Zéphyr »... Zéphyr... Mais c'est quoi ces noms qui s'invitent dans ma chambre !

— C'est qui Marie ? Tu faisais des bruits chelous dans ton sommeil. T'arrêtais pas de dire son nom ! C'est qui Marie ? C'est ta meuf ? T'as rêvé d'elle ? J'espère, au moins, qu'elle est bonne ! Tu l'as ken ? T'as déjà ken, toi ?!!! Moi j'ai failli ! Mais c'est « elle » qui veut pas. Ma meuf ! Enfin, « ma meuf »... C'est compliqué... C'est nul les meufs ! Mais qu'est-ce qu'elles sont « BOOOOOOONNES ! ».

J'en étais encore à comprendre ce qui m'était arrivé, alors, Zéphyr qui parlait autant, c'était trop speed pour moi.

Heureusement, l'Être-Ange est revenu me voir. Je lui ai parlé de Marie, de son cauchemar et de son père. Zéphyr nous écoutait et ne voulait pas lâcher l'affaire. J'ai voulu esquiver, genre, j'ai failli mourir, que j'étais en état de choc et tout, mais lui, il s'en foutait. Royalement ! D'un grand coup sec, il a tiré sur ses draps pour nous montrer ses jambes. Jambes, auxquelles il en manquait une ! Et il nous a dit tout haut :

— Moi, j'ai bien perdu ma jambe, je fais pas mon bébé ! Ouin, ouin, ouin, j'ai failli mourir ! Pédale !

Merde !... Putain !... On était complètement bouche bée ! On savait tellement plus quoi dire ! Du coup, pour changer de sujet, l'Être-Ange aussi s'y est mis. Il m'a demandé si j'avais pas « un truc » pour Marie. Zéphyr, lui, voulait juste savoir si je l'avais pécho. D'ailleurs ça veut dire quoi ? « Pécho » ?!!? Enfin, je connais le mot mais qu'est-ce que ça implique ? Ça veut dire embrasser ou niquer ? Enfin, « faire l'amour ». D'ailleurs est-ce qu'on peut faire l'amour

« et » niquer ? Faire l'amour « pendant » qu'on nique ? Les deux en même temps. C'est possible ça ?

C'est comme ça qu'avec l'Être-Ange et Zéphyr, on s'est retrouvé à parler de filles, de sexe et d'amour. Résultat des comptes, on était, juste, d'accord sur le fait qu'on avait, chacun, un faible pour une fille à laquelle on n'arrivait pas à avouer ce qu'on ressentait. L'Être-Ange avait, depuis longtemps, un faible pour Naponile, moi, je venais de tomber amoureux de Marie ; et Zéphyr… il nous a parlé de « Sky ».

MAD-ÂME IN THE SKY

Comme bien des têtes en l'air ;
Mademoiselle Nuage ;
Arpentait ciel et terre ;
En quête de pays sages.
Elle aimait plus que tout ;
Observer l'horizon ;
Là où ses yeux, si doux ;
Provoquaient l'attraction ;
Des nuages alentour ;
Des brouillards et fumerolles ;
Qui arpentaient le sol pour ;
La séduire de leurs paroles.

Lorsqu'un nimbus, de lui-même ;
Grand comme une montagne ;
Obtint même qu'elle l'aime ;
Faisant d'elle sa compagne.
À ce moment, la belle ;
Offerte à son amant ;
Découvrit septième ciel ;
Astres et firmament…

Le temps faisant, l'Orage ;
Consentit à ce que ;
Mademoiselle Nuage ;
Parte au loin parce que ;
Quelque chose de sauvage ;
Résidait dans ses yeux ;
Mais tout au fond l'Orage ;
Voulait cacher sa peur d'eux !
Tous ces maudits nimbus ;
Qui venaient faire les fiers ;
Grimpant les strates et plus ;
Pour se donner des manières !

Pas sage et bien jaloux ;
L'Orage, sur la pauvrette ;
Tempêta comme un fou ;
Jusqu'à lui prendre la tête ;
Car, même, s'il l'aimait elle ;
Il l'aimait un peu mal ;
Comme on prendrait femelle ;
Quand on ne parle que le mâle…

C’est horrible, mais comme ;
Mademoiselle Nuage ;
Malgré tout, aime l’homme ;
Caché derrière l’Orage ;
Mademoiselle supporte ;
Et succombe à la pression ;
De l’Orage qui l’exhorte ;
À rester à la maison.
Adieu beaux paysages.
Pour calmer son monsieur ;
Mademoiselle Nuage ;
A fermé ses beaux yeux.

Enfermée dans sa cage ;
Elle inquiétait bien tous ;
Ceux de son entourage ;
Qui avaient trop la frousse ;
Pour essayer de la voir ;
Puisque l’Orage avait tant ;
La carrure d’une armoire ;
Que personne ne disait « Non ! ».

Mais son ami « Zéphyr » ;
Son meilleur ami vint ;
Sans jugement pour lui dire ;
Ce dont elle avait besoin ;

Car l'amour est liberté ;
Libre de tout fardeau ;
Dès lors qu'on sait aimer ;
Celui qui en fait cadeau.
Mais les cadeaux ne sont ;
Malheureusement parfois ;
Pas forcément tous bons ;
Selon celui qui les envoie…

(Mais les cadeaux ne sont ;
Malheureusement parfois ;
Pas forcément tous bons ;
Selon celui qui les envoie…)

Et quand il vit sa chérie ;
Parler à cet inconnu ;
L'Orage pris de folie ;
Attaqua sans retenue !

Mais Zéphyr est un vent !
Volatile et instable !
Loin d'être de ces gens ;
Que l'on cloue sur une table.

Zéphyr s'en est allé ;
Comme il était venu ;
Mais… Ce vent de liberté ;
Qu'il avait, fit sa mue ;

Et avant que la rage ;
De l'Orage n'attaque ;
Mademoiselle Nuage ;
Anticipa d'une claque !

Badabim ! Bourrasques !
Et l'Orage réplique ;
Que ses quelques frasques ;
Seraient microscopiques.

Tonnerre ! Coup de foudre !
Mademoiselle Nuage ;
Est prête à en découdre ;
Prête à tourner la page !

Alors elle crie et gueule !
Elle pleure mais tempête ;
Que les femmes font ce qu'elles veulent ;
Et même qu'elles t'embêtent !

L'homme enrage devant ;
Cette femme qui s'élève ;
Mais l'Orage n'est qu'un vent ;
Qui s'essouffle et s'achève…

Mademoiselle Nuage ;
N'était plus de ces gens ;
Que l'on enferme en cage ;
Dont on dicte agissements ;
Mademoiselle Nuage ;
N'était plus demoiselle ;
Ses échecs et naufrages ;
Lui firent pousser des ailes !
Mademoiselle n'est plus !
Et guérie de ses failles ;
Est maintenant connue ;
Comme Mad-Âme in the Sky.

XI

Quand Zéphyr nous a raconté tout ça, on lui a demandé pourquoi il n'avait jamais rien dit à Sky.

En fait, il avait trop peur de lui dire ce qu'il ressentait vraiment. Pourtant, nous, on était persuadés qu'il avait au moins ses chances.

Zéphyr y avait pensé, mais entre-temps, il avait eu son accident. Il avait perdu sa jambe et ne pouvait plus marcher. Et jouer aux échasses sur sa prothèse était un vrai calvaire pour lui. Alors, avec l'Être-Ange, on s'est regardés et on s'est dit qu'il fallait trouver un moyen de l'aider.

Moi, j'avais encore des séances de rééducation à faire pour pouvoir sortir de l'hôpital. Selon les médecins, mes muscles n'avaient pas encore totalement récupéré du coma. C'est vraiment étrange le coma. Ça épuise, ça épuise, mais ça épuise de faire… RIEN ! Zéphyr, lui, devait aussi y aller pour apprendre à marcher correctement avec sa prothèse. Comme on était obligés de se coltiner toutes ces séances de rééducation, on a décidé d'y aller ensemble. Tous ! Même l'Être-Ange ! Zéphyr, pour apprivoiser sa prothèse et moi pour rééduquer mon corps. Parfois l'Être-Ange nous rejoignait. Juste, pour passer du temps avec nous. Parce qu'il est sympa. Il est comme ça l'Être-Ange. C'est son truc à lui. C'est pour ça qu'il est étrange. Mais c'est parce qu'il est comme ça que Zéphyr a même, un jour, trouvé la force de s'ouvrir à nous pour nous raconter, enfin, ce qui lui était arrivé.

ZÉPHYR EST UN VENT-D'OUEST

On est dans ma famille ;
Un peu comme les Quatre Vents ;
Des jeunes qui s'éparpillent ;
Et se chamaillent constamment.

Boréas est l'aîné ;
Notos, le deuxième ;
Et puisqu'Euros est né ;
Je suis le quatrième.
Un genre de bouche-trou ;
Le cadet qu'on ignore ;
Et qui joue les casse-cous ;
Pour se prouver qu'il est fort.

Moi... On m'appelle Zéphyr.
On dit de moi des choses ;
Des gentilles et des pires ;
Conséquentes ou sans causes ;
Tout ça à cause du fait ;
Qu'en ce jeune garçon ;
Que j'étais, j'étais bête ;
Et en mal d'attention.

C'est même pour ça qu'un jour ;
J'ai grimpé la paroi ;
De notre maison pour ;
Reprendre une balle, à moi ! ;
Qu'Euros avait lancée ;
Sur le toit de la maison ;
Parce que l'handicapé ;
Il fait jamais attention.

De mes petits bras maigres ;
J'ai grimpé sur le toit ;
Jusqu'à ce qu'un vent aigre ;
N'attaque mon flanc droit.
Maladroitement sur ;
Les tuiles j'ai rebondi ;
Mais… Pas de chance, le mur ;
N'offrait point de point d'appui.

Et… puis… en… quelques secondes ;
J'ai vu mes ambitions ;
Terrassées par la fronde ;
D'un monde à répercussion.
Face à la gravité ;
Multipliée par la masse ;
Ma jambe dut plier ;
Sous le poids de la casse.

Boréas et Notos ;
Qui étaient les plus grands ;
Demandèrent à Euros ;
D'appeler les parents ;
Et pendant que l'un tentait ;
De me garder conscient ;
Le deuxième appelait ;
Les urgences en même temps.
C'est des boulets mes frères !
Pourtant ils ont la classe !
Me sauver c'était faire ;
Un truc tellement « Badass ! ».

Cependant leur action ;
Fut tristement salie ;
À cause d'une infection ;
Durant mon hémorragie.
Un genre de « Trombone » ;
Que l'on dit « Vénéneuse » ;
Un « Caillou » ou tout comme ;
Me disait la « Docteuse ».

Brisé, de part en part ;
Mes parents m'expliquèrent ;
Qu'il n'y avait plus d'espoir ;
Que ma jambe récupère.
C'est ainsi que « Zéphyr » ;
« Fils du Vent » s'est transformé ;
En un enfant martyr ;
Fait de pièces détachées.

...♯♫♪♫♯...
Dans la famille des vents ;
Du Nord, au Sud, à l'Est ;
Zéphyr est plus qu'un vent !
Zéphyr est un Vent-d'Ouest !

Dans la famille des vents ;
Du Nord, au Sud, à l'Est ;
Zéphyr est plus qu'un vent !
Zéphyr est un Vent-d'Ouest !
...♯♫♪♫♯...

Moi qui traitais Euros ;
D'handicapé parfois ;
La vie m'a fait la farce ;
De le devenir moi...
Moi qui traitais mon frère ;
D'handicapé parfois ;
J'ai réussi à faire ;
En sorte de l'être moi...

Et maintenant, je galère ;
Si bien à faire marcher ;
Ma prothèse que j'en perds ;
Toute envie d'essayer...

Mais dans ma tête de mule ;
J'ai croisé un étrange ;
Garçon, tout aussi nul ;
Que l'on soupçonne d'être ange.
On le dit « Être-Ange » Robert ;
Parce que son handicap ;
Joue de flûtes traversières ;
Mélodies et « Boom Bap ! ».

Robert bégaie autant ;
Que je tombe par terre ;
Mais lui, avec le temps ;
Avait appris à faire ;
En sorte de jouer ;
De ses nombreux défauts ;
Et même d'inventer ;
Sa propre solution.

De ses doigts, il pianote ;
Un instrument de musique ;
Quand du fond de sa glotte ;
Claironnent des rythmiques.

Moi qui ne voulais plus ;
Faire usage de mes jambes ;
J'ai perçu dans l'instru ;
Un palpitant qui flambe !

Et malgré toute ma gêne ;
J'ai « en-jambé » ma prothèse !
Depuis, je me démène ;
Pour danser à mon aise.
Des rythmes de tam-tam ;
Aux valses endiablées ;
Le fait de danser calme ;
Ma peur de marcher.

Aujourd'hui, je suis « VENT » ;
Qui envoie valser les dires ;
De tous les médisants ;
Disant que je suis martyr !

Et face à toute la peste ;
Que la vie peut lancer ;
« Zéphyr », jusqu'au bout, reste ;
Un vent de LIBERTÉ !

XII

Sur les musiques, les mélopées avec lesquelles l'Être-Ange nous a bercés, Zéphyr et moi-même avons trouvé la force d'avancer. Marcher redevint une seconde nature et dans cet immense hôpital, une belle amitié s'était créée.

Je suis sorti de l'hôpital, le premier. Zéphyr, quelques semaines plus tard.

Je n'ai plus eu de nouvelles pendant longtemps.

C'est comme ça un hôpital. Ça va, ça vient. Quand ça va pas, on y va. Quand ça va mieux, on s'en va. La vie reprend son cours et ceux qu'on y laisse y sont toujours.

Mais certaines amitiés vont bien au-delà du temps et ne ressentent pas toutes l'obligation de se voir, fréquemment, pour se prouver qu'elles existent.

Un jour, beaucoup plus tard, nous nous sommes retrouvés. Nous nous étions donné rendez-vous dans un parc. À l'ombre d'un arbre, trois jeunes crétins, tous très différents, s'étaient trouvé un point commun. L'Être-Ange, sans le savoir, nous avait fait du bien, nous avait fait du « lien ». Comme toujours, l'Être-Ange jouait de sa « Flûte-Qui-Traverse-l'Air » ; pendant ce temps, Zéphyr dansait comme si le vent, lui-même, résidait sous ses pieds. Et moi, j'ai pris ma plus belle voix et j'ai chanté pour célébrer notre histoire.

Je m'en rappelle très bien. Ce jour-là, il soufflait un Vent-d'Ouest.

MUSIQUE DE L'ÊTRE

C'est une belle matinée ;
Une matinée champêtre ;
Pour oublier d'avoir ;
Et réapprendre à être.

Une petite musique ;
Une musique de trottoir.
Deux, trois petits accords ;
Qui, d'un air débonnaire ;
Vont profiter d'un bon air.
C'est l'histoire d'une rencontre ;
Une rencontre de musiciens ;
Rendant compte du bien ;
Tout le bien de l'humain.

Une caisse claire qui claque !
Une claque à l'oreille !
Quelques doigts sur une gratte !
Une basse qui s'éveille !
La musique ensorcelle ;
La plume d'un poète ;
Qui se prend en pleine tête ;
Sans nulle explication ;
Toute l'aberration ;
Où l'émotion ;
Et les mots-sons ;
N'ont plus du tout ;
De significations.

Sur l'accord de quelques notes ;
Comme prises dans un mouroir ;
Les marques d'un bloc-notes ;
Se font, toutes, le miroir ;
Miroir d'une époque.

C'est un bel après-midi ;
Un après-midi champêtre ;
Pour oublier d'avoir ;
Et réapprendre à être.

Car il est des rencontres ;
De celles que l'on fait ;
De celles qui nous font.
Un inconnu sur le boulevard ;
Ni d'Ève ni d'Adam ;
Une telle concordance des temps ;
Qu'il n'est plus de hasard.

Ainsi chargé de greffes !
On part cracher nos griefs !
Une percu' dans la perf' !
Une guitare dans la plèvre !
Un piano aux vertèbres !
Une basse dans le bassin !
Un violon au bas du dos !

Une flûte traversière ;
Au travers d'une artère ;
Quand un bel harmonica ;
Fait pleurer les chaumières.
Et quand un homme on a tapé ;
Quelques onomatopées ;
Viendront toujours se changer ;
En cris de liberté ! Et…

Du bout de quelques gammes ;
On accorde l'âme ;
Et là ! Maintenant !
L'ins-tru-ment dans ;
La main tenant ;
Les cordes vocales ;
D'un homme sans voix ;
Se délient en donnant ;
Un mélodieux La.

C'est une belle soirée ;
Une soirée champêtre ;
Pour oublier d'avoir ;
Et réapprendre à être.

REMERCIEMENTS

Enfant, j'ai arpenté l'immensité de l'immeuble où se trouvait son bureau. Pendant plusieurs années, sans en comprendre toute l'ampleur, j'ai vu une femme écrire, présenter sa thèse et devenir docteur.

Adolescent, par rébellion je m'étais jurée de ne jamais devenir comme elle. Ne jamais devenir prof, ne jamais devenir psy.

Adulte, j'ai animé des ateliers en usant de pédagogie pour partager mon amour de la Poésie. Adulte, j'ai fait des spectacles usant de l'art comme médium de la psyché.

Je suis loin d'être elle car elle m'a appris à être « moi ».

Et pour tout ça, je l'en remercie.

Merci maman.

La seule et unique Madame B.

Merci Nelson. De nos gribouilles adolescents, c'est désormais un plaisir de nous voir devenir artistes. Merci pour ces si belles illustrations.

Merci Robin. Se perdre en festival, aura permis de nous trouver.

À nous, à l'amitié.

Merci mille fois à tous les contributeurs sur Ulule.

Merci Thomas Brionne, Lucas André Nduwimana, Océane Rollot, Jeremrun, Hichemxxl, Jérémy Baudin, Annia TOUANE, Yoko Lagier, Cie Les-Réverbères NH, Julien PETITJEAN, Mia Vero, Armillei Denise, Gaëlle Quoi, Catherine Gaston LesGaffes Lejars, Elsa

Butet, LE BOUCL'ART, Ali Leia, Marie-Charlotte Merkel, Mehdi Mihoub, Nadège Dahlent, Gwennaëlle DAUPHIN, Mélie Fait du Mélo, Catherine Bellony, Pierre-Yves Galus, Inawak Gilloire, Jean-François Gros, Johan PapyMojo Moreau, Mehdi Dimé-T Tauvel, Géraldine Lechevalier, Jonathan Spychala, Nathalie Verdusen, Aline Ntibazonkiza, Séverine Lejars, Nathalie Odile Bichain, Audrey Georges, Ghyslain Ndikumana, Kynaah, Cathy Bradshaw, Antoine Rousseau, Margou Gnax, Sabrina Saghey Gheroui, Pierre Wahl, Chantal Sagorin, DS Ibel, Théophile Atouillant, Thomas Blond, Francis Gusugusu, Klui, Ktelcc76, A427, Chboundao, Nathalie Scherer, Albane Louis, Elise Beltz, Barbara Beranek, Sof_land, Robert Laffite, Marion Manouchka Alainguillaume, Gregory Haïkuman Métayer, Catherine Dupré et Aloys Kamuragiye.

Amis, familles et rencontres.

D'ici, d'ailleurs et de là-bas, merci d'exister.

Merci de croire en ce petit bout de poésie.

Imprimé en France
ISBN 979-10-284-0750-6
Dépôt légal : 1er trimestre 2019

Imprimé en France
FROC031211021120
25606FR00013B/171

LES CONTOIRS DE L'ÊTRE-ANGE ROBERT